Manfred Theisen

Einer von 11

Innenillustrationen von Verena Ballhaus

Loewe

FSC
www.fsc.org
MIX
Papier aus verantwortungsvollen Quellen
FSC® C109273

ISBN 978-3-7855-8912-0
1. Auflage 2018

Innenillustrationen: Verena Ballhaus
Umschlagillustration und -gestaltung: Michael Dietrich
Redaktion: Susanne Bertels
Printed in Poland

www.loewe-verlag.de

»Mach! Mach! Mach!«

Es ist die aufgeregte Stimme des Assistenztrainers.

Ich ziehe das Leibchen und das Aufwärm-Shirt aus, spüre die Luft und habe trotz der Hitze eine Gänsehaut. Dann streife ich mir das Nationaltrikot über. Schwarz und weiß ist es – und es trägt meinen Namen. Es bleibt keine Zeit mehr, um mich ausgiebig warm zu machen. Eine Kamera sieht direkt zu mir. Meine Hände schwitzen. In meinem Kopf hämmern die Gesänge der Fans und in meiner Brust schlägt mein Herz wie eine Maschine.

Ich muss mich beruhigen.

Ganz ruhig.

Der Assistenztrainer winkt mich freundlich zu sich. Meine Beine federn und meine Knie sind weich, als wandelte ich wie ein Astronaut auf dem Mond. Ich habe für diesen einen Moment trainiert, geschwitzt und gelebt. Endlich trage ich das Trikot. Der Adler auf meiner Brust wendet den Kopf zu seinem rechten Flügel. Schwarzer Adler auf weißem Grund. Schwarz und weiß.

Schwer liegt die Hand des Assistenztrainers auf meiner Schulter. Er erklärt mir die Laufwege. Wir haben das alles schon hundert Mal besprochen. Links vorn im Sturm werde ich spielen. Ich soll nach innen ziehen.

Seine Stimme ist mächtig
wie eine Diesellok.
Das Stadion bebt, doch in
mich dringen nur seine Worte.
»Alles klar?!«
Ich sage: »Ja, alles klar.«

Der Trainer blickt kontrollierend zu uns. Seine Haare sind schwarz gefärbt wie sein Pulli. Wie die Nacht dort oben über den obersten Rängen hinter den Scheinwerfern. Er darf keine Schwäche zeigen. Die Menge will nur Stärke sehen.

Er ist ernst. Ich bin es auch.

Dieser Augenblick ist wichtig für uns.

Jetzt ist alles wichtig!

Ich blicke mit einem Auge auf die Stadionanzeige.

Der Gegner führt mit 2:1.

Es läuft die 69. Minute –
und die Zeit ist gegen uns!

Die Menge schwenkt die schwarz-rot-goldenen Fahnen. Sie wehen für uns. Denn wir sind Die Mannschaft. Unsere Namen sind so verschieden und international wie die Menschen in dem Berliner Viertel, aus dem ich komme.

Fußballer werden nicht reich geboren; sie können reich werden, wenn sie sehr hart trainieren, wenn sie entdeckt werden – und wenn sie gesund bleiben. Das war schon immer so und es wird immer so sein.

Schwarz, rot, gold …

Das waren einst die schwarzen Oberteile,
Hosen und Schuhe, die goldenen Knöpfe
und die roten Aufschläge der Uniformen
der Soldaten. Es waren arme Studenten,
die gegen Napoleon kämpften.
Schwarz, rot, gold …
ist die Freiheit.

Drei Farben,
vier Sterne,
eine Nation.

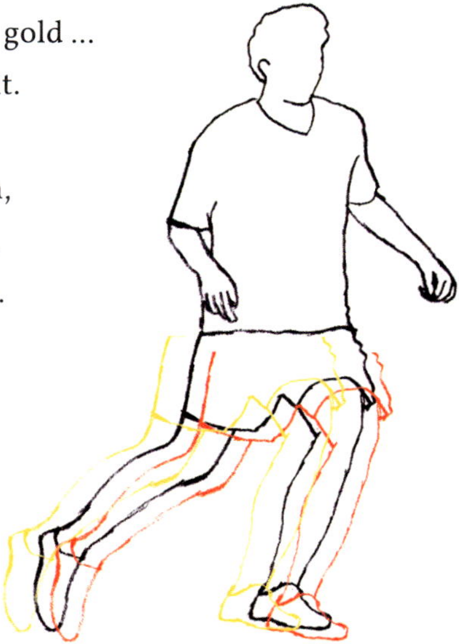

Ich will nicht denken und kann doch nicht anders. Zu viele Gedanken sitzen in mir fest und lösen sich langsam. Sie laufen ab wie ein Programm, das auf dem Computer im Hintergrund geladen wird. Der Assistenztrainer will, dass ich mich kurz warm mache. So trabe ich auf der Stelle und spüre den Puls in meinen Adern. Sprinte, höre die Fans nach mir rufen und werde gleich ein Teil der Mannschaft sein.

Schwarz, rot, gold ...

Schon unten in der Umkleide habe ich geahnt, dass ich heute dabei sein werde. Mein Blick fiel auf die kleinen vergitterten Fenster oben in der Wand, während der Trainer uns warm redete und uns mit seinen Worten zusammenschweißte. »Setzt den Ballführenden sofort unter Druck.« Die Fenster vor der Kabine waren schmal wie Schießscharten. Davor bewegten sich Füße und Beine. Das mussten die letzten Fans sein, die zu den Sitzplätzen eilten wie Getriebene in einer Fußgängerzone kurz vor dem Ladenschluss.

Wenn Mama und ich früher mit der Straßenbahn in die Stadt gefahren sind, streichelten mir manchmal Passanten über den Kopf.

Sie sagten: »Ach, hat der aber struppiges Haar, und so hübsch gelockt.«

Meine Mutter mochte das nicht. Sie predigte mir: »Du musst dich nicht anfassen lassen, nur weil du anders bist.«

»Bitte, Mama ...«, versuchte ich sie zu beruhigen. Doch sie wollte sich nicht beruhigen.

Wenn die Erwachsenen dann noch mein gutes Deutsch lobten, wurde sie zur Furie und fauchte: »Kann dunkle Haut kein Deutsch?«

Die Leute beteuerten, sie hätten es nur gut gemeint, es sei doch lediglich ein Lob. Und ich ein so niedliches Kind.

»Loben Sie auch Weißhäutige, wenn sie gut Deutsch sprechen?«

Die Worte meiner Mutter verblüfften die Menschen. So hatten sie noch nie über Rassismus nachgedacht. Sie fragten sich, wie ein Lob rassistisch sein könne. Das ging nicht in ihre Köpfe.

Meine Mutter zwang mich nicht, ein Käppi zu tragen, aber sie regte sich über jede Bemerkung zu meinem Haar oder meiner sanft braunen Haut so auf, dass ich das Käppi als Kind freiwillig aufsetzte. Am liebsten hätte ich mir den Kopf rasiert und die Haut abgestreift. Ihre Aufregung war mir peinlich. Ich wollte nicht auffallen, sondern dazugehören.

So wie ich jetzt Teil der Mannschaft bin. Schwarz, rot, gold …

Heute fährt keiner mehr einem farbigen Kind einfach so durchs Haar. Dunkle Haut ist normal geworden in der Fußgängerzone. Schwarz sitzt neben Weiß in der Schule und trägt das gleiche Trikot; hat gute und hat schlechte Noten.

Deutschland wirkt magnetisch auf viele Menschen in der ganzen Welt – ein bisschen wie Amerika sind wir geworden: ein Einwanderungsland. Obwohl wir keine unendliche Weite besitzen, sondern so dicht besiedelt sind wie ein Gurkenglas.

Die Rufe der Menge fliegen mir zu.

Schwarz auf weiß
prangt der Adler
auf dem Trikot.

Schwarz und Weiß sind die Farben der Preußen. Sie waren vor über hundert Jahren im Staatenbund der deutschen Länder die mächtigsten.

Damals lebte kaum ein Türke in Berlin, kaum ein Afrikaner in Europa, waren nur wenige Maghrebiner in Frankreich und das Mittelmeer war noch kein Grab für Arme und Verfolgte.

Mein Vater weiß bis heute nicht, was Preußen war. Ich hingegen habe es in der Schule gelernt – mein Leistungskurs war Geschichte. Mein Vater kennt die Geschichte Nigerias wie ich die Geschichte meines Landes. Er hatte kaum eine Chance, Deutscher zu sein. Ich bin es. Und ich bleibe es, selbst wenn sie mir den Pass abnehmen würden.

Schwarz, rot, gold ...

Die Kamera ist bei mir, umfährt mich und betrachtet meine Wade. Vier lange Wochen habe ich an der Verletzung laboriert. Über meine linke Wade wird mehr gesprochen als über die Außenpolitik der Nation.

Ich habe gelernt, öffentlich zu sein, gehe in die Hocke und spanne die Wade an, lockere sie – alles okay. Keiner soll sehen, dass ich aufgeregt bin. Ich springe aus der Hocke auf, mache schnelle Trippelschritte die Auslinie entlang. Es ist, als ob du am Beckenrand tanzt und dich gleich ein anderes Element umgeben wird. Du fühlst dich leicht und wirst getragen vom Rhythmus der Ränge.

Ich schüttele die Arme, drehe den Kopf. Um mich herum dreht sich alles, die Rufe, die Gesichter, die Trommeln geben den Takt vor bei meinem Tanz an der Linie. Überall sind Grenzen, sichtbar und unsichtbar.

Und es sagt dir immer jemand, ob du die Grenze übertreten darfst oder nicht. Die Trommeln werden lauter. Es herrscht Gladiatorenatmosphäre; es ist ein Spiel und ein Kampf zugleich: Angriff, Verteidigung, Zweikampf. Das sind keine friedlichen Worte. Warum wollen sich die Länder messen? Warum Wir gegen Die Anderen?

Schwarz und weiß …

Sarah sitzt irgendwo in dieser Menge aus Köpfen und Herzen und Mündern und Fahnen. Ihr Haar ist braun und schulterlang. Der Geruch des Rasens und dieses Kribbeln in meinem Bauch. Ich weiß nicht, ob ich nervös oder unsäglich verliebt bin. Ich rase auf der Stelle, laufe auf den Zehenspitzen, stoppe, bin wieder ruhig, lasse die Arme baumeln. Anspannung und Entspannung, einatmen und ausatmen; senke und hebe den Kopf. Mache mich locker und frei.

Schwarz, rot, gold …

Das Spiel plätschert im Mittelfeld vor sich hin. Tick. Tack. Tick. Tack. Die Zeit vergeht. Der Ball fließt ohne Raumgewinn. Tick. Tack. Es ist die 72. Minute. Vor zwei Wochen habe ich Sarah in der Kölner Diskothek Nachthimmel kennengelernt. Ich war wegen meiner Wade beim Spiel gegen den FC nicht zum Einsatz gekommen. Sarah hatte sich das Haar hochgesteckt und gesagt, dass sie Jura studiert. Ihr Rock war italienisch lang, sodass ich ihre spitzen Knie sehen konnte. Sie trank einen Cocktail, ich nippte an meinem Wasser.

Ihre Nase ist dezent und ein wenig stupsig. Darauf sitzt verführerisch ein Sattel aus Sommersprossen. Sie hat mir heute früh ein Selfie geschickt. Unsere drei Farben hat ihr die Freundin auf die Wange gemalt: Schwarz, rot, gold – und in das Gold meinen Namen, der afrikanisch klingt. Die Eltern geben dir einen Namen und manchmal eine Religion, mit der sie dich in ihre Tradition setzen. Sie werfen einen Anker in dir.

Schwarz, rot, gold
sind Sarahs Wurzeln.

Mein Vater stammt aus Nigeria, genauer gesagt aus Lagos: 16 Millionen Menschen leben in diesem Dschungel von Stadt. Allein der Slum ist so groß wie Berlin; ein Ort, den niemals ein Stadtplaner betreten hat, wo die Gebäude und Straßen und Menschen so wild wuchern wie Gestrüpp.

Meine Mutter kommt aus Bamberg. Klein, deutsch und überschaubar wie ein Nest.

Es war damals schwierig für die beiden als Paar, denn sie wurden beäugt.

Noch heute gibt es Menschen, die sich für etwas Besseres halten, weil sie nie irgendwo fremd gewesen sind, höchstens als Touristen und Besucher. Ich bin kein Tourist und kein Besucher, ich bin nicht fremd. Ich bin hier und ich kenne unsere Hymne wie jeder von uns. Einigkeit und Recht und Freiheit …

Mein Vater hat Oberliga gespielt. Er trug noch Fußballschuhe mit Stollen, die aufgeschraubt wurden. Und es kam damals vor, dass er mit Bananen beworfen wurde, wenn er den Platz betrat. Die Fans auf den Rängen ahmten die Geräusche der Affen nach. Es muss ekelhaft gewesen sein.

Es gab kaum farbige Spieler in den deutschen Ligen. Die Vorurteile hatten Raum, sich auszubreiten, und besetzten die Köpfe der Menschen.

In der Prüfung zur Einbürgerung wurde Vater gefragt: Welches Grundrecht ist in Artikel 1 des Grundgesetzes der Bundesrepublik Deutschland garantiert? Die richtige Antwort lautet: Die Unantastbarkeit der Menschenwürde! Mein Vater weiß das. Aber was ist mit den Leuten auf den Rängen? Und was mit den allergischen Reaktionen der selbst ernannten Patrioten? Ob sie sich nur eine Sekunde lang vorstellen, wie es sich anfühlt, wenn gegen deine Hautfarbe demonstriert wird?
Ob sie wissen, wie es ist, wenn sie rufen: »Deutschland den Deutschen!«?

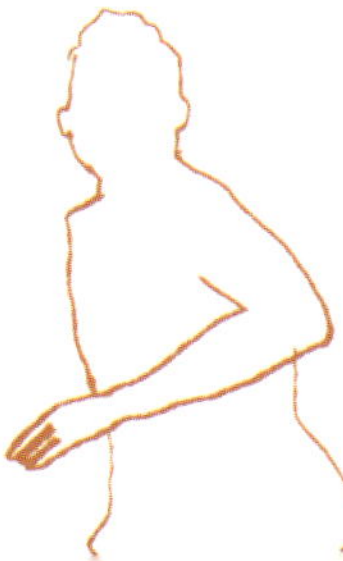

Der Assistenztrainer deutet mir an, dass ich gleich ins Spiel kommen werde, nur noch ein wenig Geduld. Auf der Tribüne haben sie eine gigantische Flagge ausgerollt, sie verdeckt den Fans die Sicht und trotzdem stehen sie gehüllt in schwarz, rot, gold.

Für die Freiheit sind die Studenten gegen Napoleon auf die Barrikaden gegangen! Schwarz, rot, gold. Sie wollten eine unabhängige Nation sein.

Eine eigene Nation: Deutschland.

Ein Land, das mehr Grenzen hat als alle anderen Länder Europas. Neun Nachbarn, neun Freunde, neun Feinde, neun Partner und Gäste. Deutschland ist ein Land, das fragil ist, sich ständig erneuert, nie im Dornröschenschlaf liegen darf, dessen Bevölkerung stetig ausgetauscht wurde, immer ist jemand auf der Durchreise bei uns – von Nord nach Süd, von Ost nach West, unstet und rastlos. Es gibt kein Land mit mehr Straßen, kein Land, durch das mehr Waren transportiert werden. Menschen kommen und gehen, einige bleiben, andere wandern aus. Immer ändert sich das Land. Deutschland ist ein zerbrechliches Gebilde, zersplittert, vereint, zerfallen, größenwahnsinnig, besetzt, geteilt, wieder vereint und unaufhaltsam suchend.

Wie unser Team: Die Mannschaft.
Immer im Wandel. Jeder für jeden.
Jede Position doppelt und dreifach besetzt.
Schwarz, rot, gold.

Ich dehne mich, biege den Oberkörper zurück, zur Seite, zur anderen Seite, nach vorn und berühre mit meinen Fingern meine Fußspitzen. Vor dem Stadion kühlt die Nacht die Luft ab. Aber hier unten ist es heiß wie unter einem Brennglas. Ich beuge mich zurück.

Manchmal frage ich mich, ob wir überhaupt noch eine Nationalmannschaft brauchen. Schließlich spielen in unserem Team Spieler aus aller Welt; im italienischen Team ist es ebenso, auch im englischen und niederländischen. Wir Spieler haben Wurzeln auf allen Kontinenten, dennoch treten wir für Nationen an. In Frankreich gibt es längst Unmut über zu viel dunkle Hautfarbe im Team Les Bleus. Und einige Nationen behaupten gar, dass die Westeuropäer doch keine wirklichen Nationalmannschaften hätten.

Dabei weiß jeder, dass diese Aufteilung in Länder nicht mehr so stimmt, dass wir alle irgendwie unterwegs sind.

Eltern schicken ihre Kinder in die Welt wie Zugvögel, freiwillig, weil sie Englisch lernen sollen. Oder gezwungenermaßen, weil Hunger oder Krieg sie die Grenzen überschreiten lassen.

Schwarz, rot, gold …

Kinder kaufen sich das schwarz-weiße Trikot, um dabei zu sein, mit uns zu sein, für uns zu sein, denn einer von elf will jeder sein.

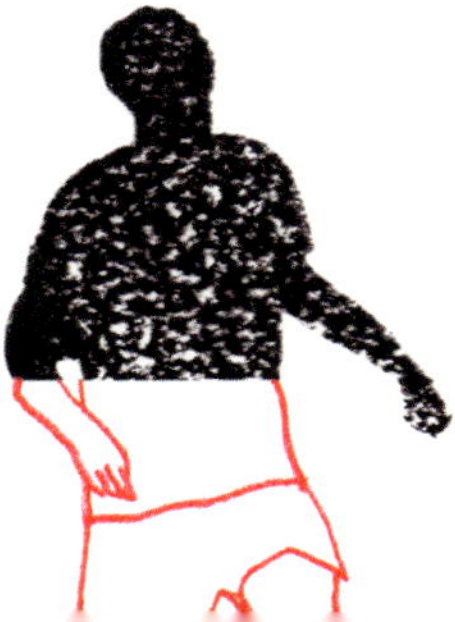

Schwarz, rot, gold sind die Splitter des Spiegels, in dem wir uns tausendfach sehen.

Schwarz, rot, gold, in dem alle Farben widerscheinen.

Nigeria ist grün, weiß, grün und auch eine Bundesrepublik. Sonst gibt es wenig, was uns verbindet. Trotzdem schauen sie jetzt in Nigeria zu. Sie denken, dass ich ein Teil Nigerias bin und auf dem Platz auch für sie spielen werde.

Als meine Eltern zum ersten Mal mit mir nach Lagos reisten, war ich neun Jahre alt. Mein Opa war gestorben.

Berlin ist schon unfassbar groß für einen Jungen, aber Lagos ist riesig wie ein Kontinent.

Der Taxifahrer kutschierte uns vom Murtala Mohammed International Airport durch die gigantische Metropole. Sie ist ein riesiges Freilufttheater. Motorskooter knatterten, Händler riskierten auf bepackten Mopeds alles, Jungen balancierten Wasserflaschen, Frauen verkauften sich und Süßes und ich saß staunend im Arm meiner Mutter auf der Rückbank und fühlte die Fremde.

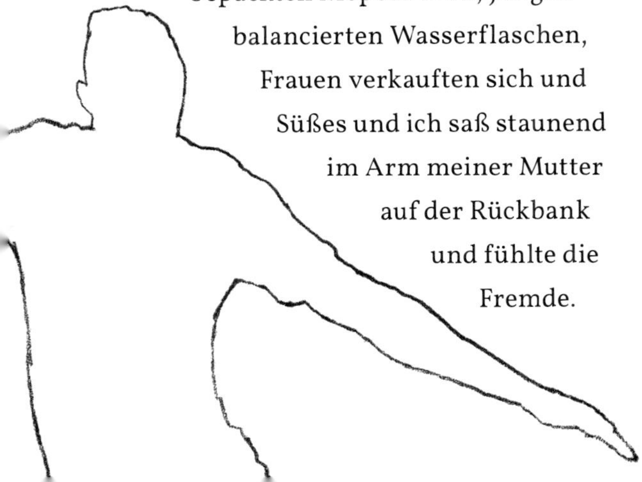

Wir schliefen im Haus meiner Groß-eltern. Ich lag im Wohnzimmer auf dem Sofa. Ja, sie hatten ein Wohn-zimmer und ein Sofa. Ich weiß nicht, woher das verzierte Polstermöbel mit dem Blumenmotiv stammte. Ich weiß nur, dass mich diese Blumen an unsere Familienausflüge an den Müggelsee erinnerten.

Ich habe damals den ganzen Tag Videos geschaut: amerikanische Filme.

Ich wollte kein nigerianisches Fernsehen gucken. Ich wollte nicht runter auf die Straße, denn die Menschen schienen mir bedrohlich. Wir lebten nicht im Slum und doch kam es mir so vor.

Ich spürte meine Haut. Sie war heller als die der Nigerianer. In Deutschland erkennt jeder an mir, dass meine Mutter einen dunkelhäutigen Mann geheiratet hat; in Nigeria erkennt jeder an mir, dass mein Vater eine hellhäutige Frau genommen hat.

Ich war das Bindeglied ihrer Liebe und bin es bis heute. Schwarz, rot, gold und grün und weiß und grün.

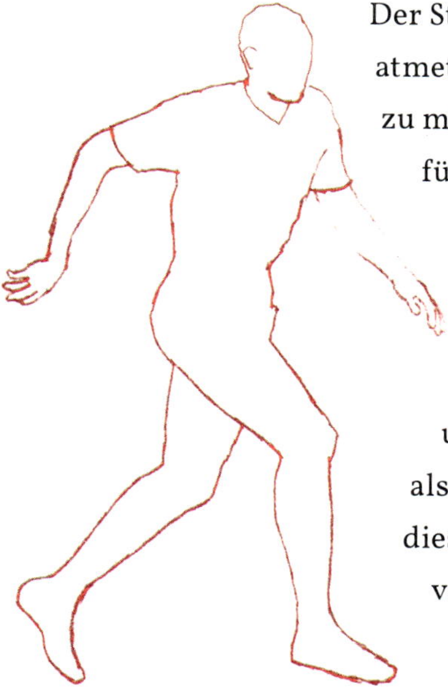

Der Staub der Stadt
atmete hinauf bis
zu mir ins Zimmer,
füllte meine
Lungen und
Kleider.
Die Luft
war feuchter
und lebendiger
als selbst hier in
diesem Hexenkessel
von Stadion.

Auf die Beerdigung meines Großvaters bin ich noch mitgefahren, dann konnte ich das Haus nicht mehr verlassen.

Es war zu viel für mich.

Mein Vater zog mich am Arm und sagte: »Du kannst nicht die ganze Zeit in diesem halbdunklen Raum verbringen. Das hier ist die Stadt, in der ich geboren bin.«

Noch jetzt spüre ich seinen festen Griff, sehe ich mich an der Tür stehen.

»Du kommst jetzt mit nach unten!«, befahl er unnachgiebig und redete Deutsch mit mir.

Er war verzweifelt wie ein Kind.

Ich musste an meinen Freund denken.

Wenn er mit seinem Vater im Urlaub in das Dorf nahe Ankara fuhr, log er stets, dass die Türkei seine Heimat sei. So machte er seinen Vater stolz. Aber ich wollte das nicht. Ich hatte nur Angst und sah in der Nacht den Himmel über Lagos.

Vier Sterne prangen auf meinem Trikot.

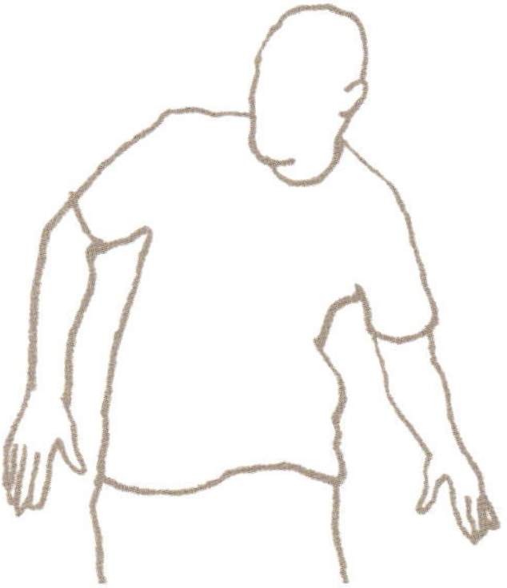

Die Kamera schaut mich an. Mein Vater sieht mir jetzt sicherlich auch in die Augen, denn er sitzt daheim vor dem Fernseher und wartet auf meinen Auftritt. Ich habe heute früh mit ihm telefoniert. Er sagte: »Keiner wird mehr eine Banane werfen. Deutschland hat sich verändert. Seit die Neuen bei uns angekommen sind, gehören wir zu den Gastgebern. Wir sind auch Deutsche, die Flüchtlinge aufnehmen. Du und ich und Mama und deine Schwester. Und auch die Neuen werden unser Land verändern. Jeder verändert die Welt, wenn er kommt und wenn er geht.«

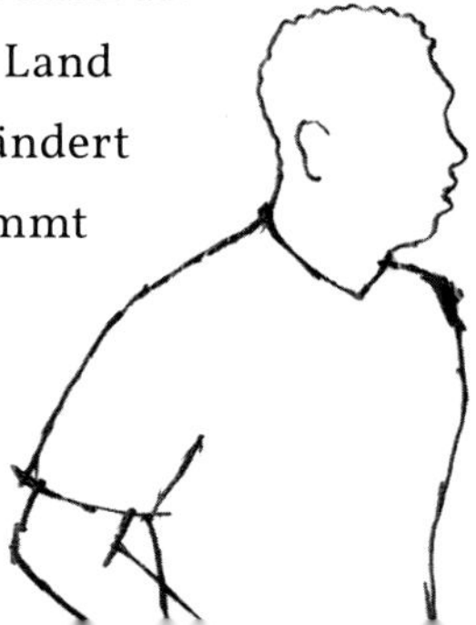

Mein Vater ist stolz, dass ich das Trikot trage.

Mein Vater sieht alles rosa. Doch wer weiß, wie die Menge morgen denkt?

Schon jetzt haben sich die Patrioten versammelt und besetzen die Schlagzeilen. Im Windschatten der Globalisierung wächst die Angst vor der Freiheit der anderen. Sie sind wieder stolz auf ihr Land und ihre Religion, denn sie haben Angst, sich in einer Welt zu verlieren, in der das Geld der einzige Wert zu sein scheint. Sie verteidigen das Gestern, wollen einzäunen, ausgrenzen und zurückschicken.

»Repatrier« nennen es die Franzosen.

»Remigration« die Deutschen.

Wie beim Mensch ärgere dich nicht sollen alle Püppchen ordentlich in ihren Häuschen ruhen: die roten, die gelben, die grünen, die schwarzen. Nur wer Glück hat und die höchste Punktzahl, darf raus aufs Feld, sich auf seinen Weg machen. Aber am Ende sollen alle wieder in Reih und Glied in ihrem Loch stehen. Ob rot oder schwarz, ob gelb oder grün. Sie wollen, dass es wieder wird, wie es niemals war. Als sei die Erde nicht stets in Bewegung gewesen. Sie bauen Zäune und Mauern. Und schließlich können sie diese selbst nicht mehr überwinden.

»Komm her!«

Die Stimme des Trainers unterbricht meine Gedanken. Er nimmt mich in den Arm, flüstert mir ins Ohr: »Du bist fit wie noch nie. Du weißt, was du zu tun hast.«

Ja, das weiß ich. Die Mannschaft braucht mich und ich brauche genau dieses Gefühl.

Der Balljunge wartet gespannt an der Coachingzone. Neben ihm ruht ein Ball.

Rund ist das Leder, eine Kugel die Welt, ohne Anfang und Ende. Wenn du weit genug in Richtung Osten läufst, gelangst du irgendwann wieder in den Westen und irgendwo auf diesem riesigen Ball trifft auch der Süden mit dem Norden zusammen. Schwarz auf weiß. Arm auf reich. Das ist unvermeidlich wie Ebbe und Flut.

In den Augen der Menschen spiegeln sich ihre Wurzeln wider. Bei der Geburt waren meine Augen blau, dann wurden sie schnell braun. Du kannst deine Kultur ablegen, deine Religion, aber deine Augen- und deine Hautfarbe sind deine Natur. Du musst mit ihr leben, nicht gegen sie.

Schwarz und weiß ist dieses Land.

Ich gehe in die Knie, ziehe mir die Schnürsenkel stramm. Es ist ruhig in mir. Die Hand des Trainers ruht in meinem Nacken. Er beugt sich zu mir runter und sagt, dass ich schießen soll, sobald sich mir die Möglichkeit bietet. Reinziehen und abziehen.
Ich mag diesen Moment, wenn der Trainer mit mir redet und ich umfangen bin vom Stadion, von den Gesängen und den Rhythmen.

Der Vierte Offizielle kommt auf mich zu. Ich hebe einen Fuß, dann den anderen. Mit geschultem Blick kontrolliert er die Stollen und schaut, ob ich keinen Schmuck trage.

Ein Schuss aus der zweiten Reihe. Aber unser Keeper fischt den Ball aus dem Winkel, schlägt ihn nach vorn, das Mittelfeld ist überbrückt, der Angriff läuft. Ich spüre die Menge, die uns anfeuert und vor sich her treibt. Eine Menge ist nicht die Summe aller Einzelner, eine Menge ist ein Wesen, emotional wie ein Schwarm Bienen: ... friedlich, unberechenbar, gefährlich!

Schwarz, rot, gold ...

Der Angriff läuft, das Wesen schreit von den Rängen, es zeigt Zähne und ein Bengalo wird in der Südkurve gezündet. Die Lunte der Menge ist immer kurz; schon brennt die Luft blutrot – und es herrscht Krieg. Die Menge denkt nur noch schwarz und weiß, teilt ein in Gewinner und Verlierer; es gibt keine Grautöne mehr für Mitleid. Das Wir will siegen!

Die Nervenenden liegen frei und die Menge skandiert: »Deutschland! Deutschland! Deutschland!« Ihre ausgestreckten Arme sind wie die aufgestellten Nackenhaare eines kläffenden Hundes.

Ich blicke auf das Feuer und den Rauch.

In der Nacht wurde geschossen in Lagos. Oder waren es Böller? Mein Vater tröstete mich. »Das sind nur Chaoten. Du musst keine Angst haben. Ich bin bei dir.« Ich hatte im Fernsehen vom Krieg in Afrika gehört.

Am nächsten Morgen machten zwei Frauen zwischen ein paar Steinen ein Feuer. Sie hockten vor unserem Haus und kochten Fisch. Die Flammen hatten den Kessel fest im Griff. Die Kleider der Frauen waren bunt wie ein Feuerwerk. Sie redeten schnell und laut miteinander – und es roch nach dem Fischeintopf meiner Mutter. Mama kochte oft nigerianisch bei uns mitten in Berlin. Durchs offene Fenster wehte dann der Duft hinaus in die Stadt, so wie er jetzt hinauf ins Zimmer meiner Großmutter stieg. Melonenkerne und die Gewürze Afrikas runden den Geschmack ab und …

... schwarz, rot, gold.

Die Menge brodelt, die Schlachtgesänge der Fans schwellen an und dennoch kommt unser Angriff zum Erliegen. Der Bengalo ist verglüht. Die Menge wird ruhiger und der Rauch zieht von der Fankurve wie ein dunkler Geist zu uns herüber.

Warum schießt keiner den Ball ins Aus?

Ich will ins Spiel.

Schwarz, rot, gold.

Das nächste Aus, das nächste Foul, dann werde ich eingewechselt und werde einer von elf. Wir sind Die Mannschaft. In mir klingen die Worte des Trainers aus der Kabine nach: »Ihr seid das Team. Zusammen sind wir alles, jeder muss für jeden ...« Die gleichen Worte flüstert er mir jetzt ins Ohr, als habe er meine Gedanken gelesen. »Direkt schießen, wenn sich dir die Chance bietet. Wir werden dieses Spiel drehen und wir werden gewinnen.«

Die Kamera hat mich fest im Blick und ich erkenne mich selbst in der Linse, stehe am Fenster in Lagos und denke an zu Hause in Berlin; an frittierten Yam und Semovita. Mutter liebt Afrika und sie liebt meinen Vater.

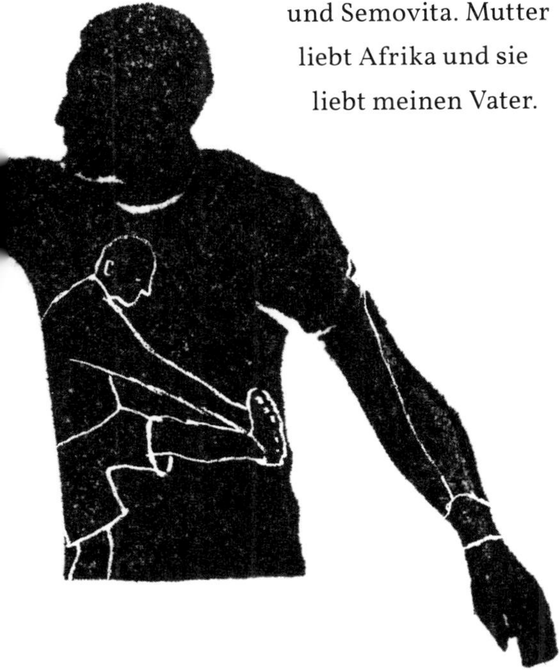

Er klopft wieder an die Tür. Ich soll mit ihm hinunter auf die Straße steigen und mein Herz klopft wie jetzt hier im Stadion.

»Komm, Junge. Du packst das. Heute ist ein guter Tag.«

Ich folge ihm die Treppe hinunter und wir essen Eintopf – ein Gemisch aus Gewürzen und Gefühlen. Das Feuer unter dem Kessel erlischt.

»Was ist los?«, will der Trainer wissen, ohne eine Antwort zu erwarten. Er streicht sich dabei sein Haar zur Seite. »Konzentrier dich. Wir packen das.«

Der Nebel löst sich auf und ein
Verteidiger drischt den Ball ins Aus.

Der Schiedsrichter pfeift, schaut zu mir.
Der Vierte Offizielle hält die Tafel hoch.
Die Zwölf muss raus! Die Neun soll rein!
Ich spüre noch den Klaps des Trainers auf meiner Schulter, höre jedoch seine Worte nicht mehr, klatsche ab und habe die Grenzlinie längst überschritten und eine neue Landkarte betreten.

Schwarz, rot, gold ...

Die Menge steht, klatscht mir rhythmisch zu.
Ich weiß, was ich zu tun habe.
Ich bekomme den Ball und ...

… bin Einer von Elf und Einer von ihnen.

Verena Ballhaus studierte Malerei, Grafik und Kunsterziehung an der Kunstakademie in München und illustriert seit vielen Jahren Bücher für Kinder und Jugendliche. Für ihre Arbeiten wurde sie bereits mehrfach ausgezeichnet, u.a. mit dem Jugendliteraturpreis.

Manfred Theisen ist eigentlich Politologe, aber er mag nicht nur Fußball, sondern liebt es auch darüber zu schreiben: früher als Journalist, heute als Autor. Er lebt mit seiner Familie in Köln und gehört in seiner Freizeit zu den 80 Millionen Schiedsrichtern in Deutschland.